ESSAI

SUR

L'HISTOIRE NATURELLE

DE QUELQUES ESPECES

DE MOINES.

par Ignace de Born

tr. par Broussonet

ESSAI

SUR

L'HISTOIRE NATURELLE
DE QUELQUES ESPECES
DE MOINES,

Décrits à la maniere de LINNÉ.

OUVRAGE TRADUIT DU LATIN ET ORNÉ DE FIGURES.

Par M. JEAN D'ANTIMOINE,
Naturaliste du Grand Lama, &c. &c.

Prix, 3 livres broché.

A MONACHOPOLIS,

M. DCC. LXXXIV.

Les cages estoient grandes, riches, sumptueuses, & faites par merveilleuse architecture. Les oyseaux estoient grans, beaux, & polis à l'advenant, ressemblans es hommes de ma patrie : beuvoient & mangeoient comme hommes, enduisoient comme hommes, petoient, dormoient, & roussinoient comme hommes : brief, à les voir de prime face, eussiés dit que fussent hommes, toutesfois ne l'estoient mie, selon l'instruction de maistre Edituë : mais protestans qu'ils n'estoient ny seculiers ny mondains, aussi leur pennage nous mettoit en resverie, lequel aucuns avoient tout blanc, autres tout noir, autres tout gris, autres miparty de blanc & noir, autres tout rouge, autres partie de blanc & bleu, c'estoit belle chose de les voir............ Monagaux bardocuculez d'une chausse d'Hypocras, comme une alouëtte sauvage ;.... plumage à couleur de haran soret.... qui rien ne font fors tout manger, tout gaster & conchier. Ils ne labourent ne cultivent la terre. Toute leur occupation est gaudir, gazouiller & chanter.

Pantagr. livre V. chap. II. III. VI.

AUX MANES

DES TRÈS-ILLUSTRES

PERE GRIBOURDON,

ET FRERE

JEAN DES ANTOMURGES;

MOINES TRÉS-DISTINGUÉS.

Cette Traduction est offerte par leur Admirateur,

JEAN D'ANTIMOINE.

AVIS

DU TRADUCTEUR.

L'OUVRAGE que j'offre au Public n'eſt point une Traduction purement littérale du latin ; je me ſuis permis de faire quelques petits changements & additions au Texte, & j'ai ajouté une grande partie de la Préface. Cet Écrit a été publié d'abord à Vienne, réimprimé à Ausbourg, enſuite à Londres ; enfin en allemand & en anglois. L'Auteur ne s'eſt point nommé, des raiſons particulieres que je ne ſaurois déterminer, l'ont engagé à conſerver l'anonyme, & je me garderai bien de divulguer ſon nom, comme quelques Journaliſtes ont fait. Pluſieurs Journaux ont rendu compte de cet Ouvrage, & le jugement qu'ils en ont porté eſt conforme aux ſentiments d'intérêt qui animoit leurs auteurs.

L'auteur de cette deſcription s'eſt attaché à ſuivre ſtrictement le ſtyle de Linné ; rarement il s'en écarte. Nous ſommes fâchés que notre langue ne nous offre pas un aſſez grand nombre de termes techniques, pour conſerver dans cette Traduction toute la noble ſimplicité du latin. Mais il faut eſpérer que cette branche d'Hiſtoire Naturelle, une fois cultivée, on introduira beaucoup de mots techniques qui nous manquent. Je ne doute pas que les Naturalistes ne décrivent dans peu de temps un grand nombre d'especes & de variétés que nous ne connoissons point à présent.

En lisant les descriptions suivantes, le Lecteur est prié de faire attention qu'elles ont été faites sur des especes qu'on rencontre en Allemagne & dans quelques pays du Nord, & qui offrent quelques légeres différences, si on les compare avec les Françoises ou les Espagnoles; par exemple, la couleur des téguments externes de la plûpart devient plus claire, à mesure qu'on s'approche des Tropiques. En Espagne, en Italie, les Franciscains ont des robes gris de fer, en France les robes de ces mêmes especes sont déja plus claires qu'en Allemagne, tant est grande l'influence du soleil sur toute la nature.

Cet Essai, du reste, ne doit être considéré que comme un échantillon de l'histoire générale des especes, à laquelle on parviendra sur-tout en écrivant les histoires des especes de chaque pays : aussi je ne sçaurois trop engager les Naturalistes à nous donner des *Fauna* particulieres ; une *Fauna Hispanica*, seroit sur-tout très-utile.

Du Cabinet du Grand Lama, le 25 *Août* 1784.

PRE-

PRÉFACE.

DEPUIS le renouvellement des Lettres, les Sciences dépouillées de tous les préjugés qui les avoient obſcurcies pendant pluſieurs ſiecles, ont commencé à fleurir en Europe. *L'Hiſtoire Naturelle* ſur-tout, a fait les progrès les plus rapides. Nous devons aux travaux de pluſieurs hommes célebres l'état de perfection auquel cette Science a été portée de nos jours; ils ont dirigé leurs recherches ſur toutes les parties & dans tous les points du globe.

Des voyages multipliés, entrepris pour acquérir de nouvelles richeſſes dans ce genre, la terre fouillée de tous côtés pour en retirer des minéraux, les plantes entretenues dans des jardins immenſes, les animaux nourris à grands frais dans des ménageries ſuperbes, ont mis les Savants à portée d'écrire divers ouvrages qui ont aſſuré à chacun d'eux une réputation immortelle.

Il ſerait trop long de payer à chaque auteur qui s'eſt diſtingué dans cette carriere le tribut d'éloge qui lui eſt dû. Le champ eſt vaſte, mais dans l'état actuel de nos connoiſſances, il eſt preſque impoſſible de faire de grandes découvertes en Europe où on doit se contenter de glaner. Il faut entreprendre de longs voyages pour découvrir des objets nouveaux.

J'ai aimé *l'Histoire Naturelle* dès ma plus tendre enfance, & je m'y suis adonné avec ardeur, mais je n'ai point les moyens de voyager ; & ne pouvant me faire qu'un nom très-médiocre, j'ai tourné mes vues du côté de l'homme, j'ai fait une étude suivie de notre espece. Je me suis attaché à déterminer les différentes variétés de la race humaine.

J'ai d'abord étudié avec soin les diverses especes d'animaux qui ſe raprochent le plus de l'homme par leur forme , & j'ai établi leurs différences. Après avoir paſſé en revue les *Singes*, les *Sapajous* , les *Guenons* , les *Satyres* , les *Faunes* , les *Tritons*, &c. j'ai découvert par hazard quelques eſpeces d'un genre très-vaſte. Les *Moines*, dont je veux parler, m'ont offert le chaînon qui ſert à unir l'homme avec les Singes ; les eſpeces de ce genre ont la figure humaine ; elles different d'ailleurs eſſentiellement de l'homme. Quelques-unes ſe rapprochent plus du genre des Singes , tandis qu'un petit nombre a plus de caracteres communs avec celui de l'homme.

Je me garderai bien de faire un crime aux Naturaliſtes qui m'ont précédé de n'avoir pas parlé de ce genre, *le Moine*, quoiqu'ils l'euſſent tous ſous la main ; mais les eſpeces ont tant du port de l'homme, qu'il étoit difficile d'imaginer d'abord qu'elles puſſent conſtituer un genre diſtinct de celui-ci. J'avoue que je dois au hazard ſeul cette découverte, que je regarde comme une des plus importantes de ce ſiecle. La carriere que j'ai ouverte eſt vaſte & pourra exercer pluſieurs Naturaliſtes.

Il m'eſt impoſſible de décrire dans cet Eſſai toutes les eſpeces, leur nombre eſt trop conſidérable ; d'ailleurs plusieurs sont exotiques, & elles peuvent à peine supporter la température de notre climat ; je n'ai pas été aussi à portée de les examiner. Il faut espérer que dans la suite les *Grands*, portés à favoriser les Sciences, feront construire des ménageries pour conserver les différentes especes de *Moines* des pays étrangers. Je crois pourtant qu'il sera très-difficile d'examiner à fond leur œconomie animale, parce qu'il ne sera jamais possible de conserver un assez grand nombre d'individus de la même espece pour pouvoir observer leurs actions de société.

Ces sortes de ménageries seront pourtant très-utiles, en ce qu'elles rassembleront en un même point toutes les especes de ce genre si singulier. Les Princes, vrais Mecenes, qui les feront construire, n'auront pas, je suis sûr, moins de plaisir à les visiter, qu'ils en ont à parcourir celles où ils entretiennent dans ce moment des *Lions*, des *Tigres*, des *Zebres*, des *Rhinocéros*, & d'autres bêtes féroces. Nous verrons dans ces habitations les especes d'Italie, d'Espagne, de Portugal, de l'Amérique, des Indes; les Derviches, les Santons, les Brames, les Marabous, &c. Peut-être en croisant les races, parviendrons-nous à obtenir quelque produit monſtrueux qui ne pourra pas à la vérité ſe propager, parce qu'il ſera mulet, mais qui ſera très-remarquable par ſa forme.

Qu'il me ſoit permis, pour les premieres expériences, de faire produire le Capucin avec le Moine du Japon, le Chartreux avec le Derviche, le Carme avec le Moine de la Trappe, le Pere de la Merci avec le Santon, le Recolet avec le Marmiton du grand Lama, le Dominicain avec le Marabou, le Trinitaire avec l'Iman d'Alger, &c. Le zele & l'eſprit des gens prépoſés pour ces expériences les varieront, j'en ſuis perſuadé, à l'infini.

Parmi les eſpeces les plus rares, & qui ſeront les plus difficiles à ſe procurer, je compte un grand Lama, un Abyſſin, un Muphti, un Patriarche Arménien & quelques autres. Mais on ſe contentera d'une partie, comme du crotin en poudre du grand Lama, d'une mule, &c. ou on tâchera d'avoir l'individu empaillé, ou mieux encore conſervé dans l'eſprit-de-vin : je recommande ſeulement aux Naturaliſtes qui mettront en voyage ces eſpeces dans l'eſprit-de-vin, de les y plonger encore toutes vivantes, pour qu'elles conſervent mieux leurs couleurs.

Il ſera bon d'avoir des bras

ankylosés des Brames, des oreilles pendantes du Pégu, des prépuces infibulés avec des anneaux de deux livres des Fantons, des roues des Indiens; des disciplines en cuir, en parchemin, en plomb, en laiton, à pointes, sans pointes, à nœuds, sans nœuds; des cilices; des haires; des cilices à crochets, à épines, doubles, triples, mobiles, garnis de poivre, de vinaigre, de cornichons d'Hollande; des têtes de morts; des oratoires; des sacs en crin; des bâillons; des cadenats en fer & en cuivre; des cendres, de la houille, des ouvrages en paille des Chartreux, des crucifix dans des bouteilles à goulot étroit, &c. &c. On pourroit même joindre à cette collection, vraiment intéressante, des sacs de Pénitens Espagnols (*a*) ou Italiens, blancs, bleus, bleus & blancs, noirs, rouges, jaunes, gris, &c.

Comme il a existé plusieurs especes dans les tems les plus reculés qui ont été détruites,

---

(*a*) En même tems il vit descendre (*Dom Quichote*) par la pente du côteau plusieurs hommes vêtus *de blanc*, qui avoient l'air de *Pénitens, ou de Fantômes*..... Dom Quichote ne vit pas plutôt l'étrange habillement des Pénitens, que sans se ressouvenir qu'il en avoit vu cent fois en sa vie, il s'imagina que c'étoit quelque aventure...... Sancho crioit de toute sa force.... ne voyez-vous point que c'est une procession de Pénitens.

Histoire de Dom Quichote. p. 4me. chap. 48.

il ſeroit bon d'avoir quelqu'un de leurs reſtes. Les Naturaliſtes, Philologiſtes & Antiquaires pourroient auſſi nous éclairer ſur pluſieurs queſtions intéreſſantes, ſavoir, par exemple, le procédé qu'on employoit pour couper les *Moines* Prêtres de Cybele; s'ils étoient pour lors ſujets aux cancers, s'ils n'avoient point de barbe; ſi les Veſtales buvoient toujours de l'eau dans laquelle elles faiſoient infuſer des fleurs de ſaule. Il ne ſeroit pas moins intéreſſant de rechercher la cauſe de l'épithete d'*Indigne* que prend toujours le Capucin: il y auroit auſſi quelques queſtions rélatives à la Juriſprudence monacale civile; par exemple, ſi un Jacobin, noble Guzman, doit céder le pas à un Minime, roturier Calabrais; ou bien celui-ci à un Capucin Italien : si le *Diocésain* a le droit de visiter & de punir les vagabonds, les coureurs, les ignorans, les quêteurs, les hypocrites, & les individus inutiles & nuisibles à son troupeau : si le vœux solemnel de pauvreté défend l'usage, le maniement & l'emploi des écus, ou non : pourquoi il n'y a aucun individu de ces especes estropié; si on pourroit en sûreté leur donner des armes pour combattre : si un Capucin en faction, tué au siege de Barcelone, devroit être placé dans la *Legenda martyrum ordinis Capucinorum?*

Je croirois aſſez volontiers que pluſieurs eſpeces pourroient faire de bons Soldats. L'hiſtoire de la Ligue, celle de St. Bernard, la terreur des Albigeois; de l'inquiſition en Eſpagne, en Portugal; des Capucins en Corſe, ſont autant d'analogies pour en être perſuadés.

D'ailleurs les Indiens employent des Eléphants comme agiſſants dans leurs combats, les Afriquains des bœufs ſauvages, &c. nous pourrions bien auſſi employer une eſpece différente de la nôtre (*a*). On pourroit

(*a*) Je ne parle pas des chevaux, mulets, bœufs, &c. dont nous nous ſervons, mais point comme agiſſants directement.

aussi s'en servir pour faire faire les exécutions, en imitant les peuples si doux de l'Inde qui ne tuent jamais leurs semblables, mais qui les livrent aux Eléphants, comme les anciens qui condamnoient leurs criminels aux bêtes féroces. La conduite des qualificateurs de l'inquisition, des Jésuites dans le Paraguai, des inquisiteurs, &c. sont autant de preuves pour nous persuader que les especes de ce genre pourroient devenir très-utiles sous ce point de vue.

Si le goût des spectacles sanglants n'avoit pas tout-à-fait cessé, on pourroit encore faire combattre à la place des Gladiateurs ou des taureaux, quelques especes les unes contre les autres; je ne doute nullement qu'on ne pût retirer un grand profit de ces especes.

Les climats un peu chauds conviennent sur-tout aux especes de ce genre, & en favorisent le plus la multiplication; presque toutes y ont pris naissance. Nous ne hazarderons point de dire positivement de quelle maniere elles ont été produites, les Naturalistes ne manqueroient pas de s'élever contre notre sentiment. Nous sommes persuadés que tous les êtres sont produits par leurs semblables, & que le hazard qui étoit un mot déguisé par les

anciens

anciens ſous les dénominations d'Eſprit-de-vie, de Nature plaſtique, de Force génératrice, &c. ne produit rien & qu'il ſervoit ſeulement à voiler leur ignorance. Depuis les découvertes d'Harvey & de Leuwenhoek ſur la génération, nous ne ſaurions douter que les germes ne ſoient préexiſtans à chaque individu; mais il nous paroît très-prouvé en même tems que la plûpart des eſpeces de ce genre doivent leur origine à la pourriture. Je ne me permettrai pas de faire des réflexions ſur cet article, il me ſuffit de dire que je pourrois citer, à l'appui de mon ſentiment, un grand nombre d'autorités très-précieuſes.

Pluſieurs eſpeces d'animaux qui exiſtoient autrefois, ſont actuellement détruites ; nous ne retrouvons que leurs os foſſiles qui ſervent à nous indiquer qu'elles exiſtoient dans les tems les plus reculés. Nous ne chercherions point en vain dans la nature pluſieurs formes, ſi nous avions les ouvrages des Naturaliſtes des tems où les Rhinoceros ſe promenoient dans la forêt de Fontainebleau, où les Moncouks ſe creuſoient des cavernes ſouterraines en Siberie, où l'anonyme de Loïo n'étoit pas encore rélegué dans le fond de la Virginie, où les cornes du Romion ſe ſervoient ſur les tables des gens délicats.

Si ces ouvrages, dis-je, exiſtoient, & qu'ils continſſent de bonnes deſcriptions de tous ces êtres, & auſſi bien faites que les hiſtoires des temps antidiluviens, nous ne ſerions pas en peine actuellement; nous ferions des ſyſtêmes mieux établis, & les eſpeces ne ſeroient point détruites pour les Naturaliſtes; car les animaux n'exiſtent réellement que lorſqu'ils ſont décrits.

J'ai jugé de l'embarras où ſeront nos deſcendants, par celui où nous ſommes nous-mêmes; ils ſeront même plus dans le cas de s'égarer que nous, car du moins il nous reste des fossiles, & que les especes du genre *le Moine* ne fourniront point de fossiles distincts de ceux des singes ; tous les téguments externes qui les distinguent ne pourront pas plus se pétrifier que les mollusques, les orties de mer, les vers, &c. dont nous ne connoissons aucun fossile. Quelques images resteront encore sur des vases ou des plats qu'on n'a pas converti en monnoies ; mais depuis que les Peintres & les Sculpteurs ont acquis un grand talent, par un sort bizarre, on n'a plus modelé de *Moines*, & on a changé en écus les modeles de ceux qui avoient été exécutés avant ; & ſi quelqu'un a reſté, nos deſcendants ne ſauroient jamais, d'après de ſi mauvaiſes repréſentations, ſe former une idée juſte de ces êtres extraordinaires.

Les Princes, autrefois occupés à détruire dans leurs Royaumes les bêtes féroces, comme les loups, les renards, les moineaux, les éperviers, &c. ſemblent avoir porté leurs vues d'un autre côté ; pour continuer de faire du bien au genre humain ils exterminent petit à petit les eſpeces de *Moine*. Il ne reſte donc aucun autre moyen de tranſmettre à la poſtérité la connoiſſance de ces eſpeces ſingulieres qu'en les décrivant avec beaucoup de ſoin.

Si on faiſoit un *Syſtema* général *des Moines*, on pourroit les diviſer en différentes claſſes, & diviſer de nouveau chacune de ces claſſes en pluſieurs ordres ; par exemple, en barbus & imberbes, en blancs, noirs, bruns & pies ou panachés, &c. mangeurs de viande, de poiſſons & de plantes.

On doit prendre les caracteres ſpécifiques de la tête, des pieds, du derriere, du capuchon, des téguments.

La tête eſt velue, garnie de poils, raſée ; elle varie par la couronne hémiſphérique, la corolle velue, fillonnée; le menton imberbe, barbu.

Les pieds ſont ou chauſſés, ou demi chauſſés, ou nuds.

Le capuchon eſt verſatile, fixe, lâche, mobile, pointu, en entonnoir, en cœur, court, long, tronqué, en pointe aiguë.

Le derriere eſt couvert, à demi-couvert, à nud.

Les tégumens, la robe, où il faut faire attention à la qualité de l'étoffe, à la couleur, & ſi elle eſt ample ou étroite. *Le ſcapulaire*, s'il eſt large ou étroit, pendant, en forme de langue, obtus, long ou court par derriere. *Le collier* couſu à la robe, large, roide, ou s'il manque.

Le froc ou la capuche qu'on doit diſtinguer en pectoral & en dorſal & ſa figure. *Les manches* de la longueur des bras, retrécies, amples, en ſac. *Le manteau* long, court, pliſſé, de la longueur du corps. *Les tégumens internes*, *la chemiſe* de toile, de laine, *La veſte*, &c. *La ceinture* large, cylindrique, de cuir, de laine, de lin, noueux, &c.

Il faut ſur-tout obſerver *les cris* ou les *tons*, s'ils ſont mélodieux, déſagréables, chantants, priants, du goſier, du nez, criards, murmurants, lamentables, gais, grognants, aboyants, hurlants, &c. *La démarche* lente, vive, pareſſeuſe, rude, &c. *L'air* ſevere ou laſcif; ruſtre ou étiolé, peſant ou leger, modeſte ou hypocrite, &c. *Les mœurs, les heures* où il crie, le ſilence, les occupations, la nourriture, la boiſſon, l'odeur, le lieu de ſon habitation, les métamorphoſes, les eſpeces bâtardes, l'hiſtoire de l'eſpece, ſon origine, ſa deſtruction actuelle ou future; enfin les différences du mâle avec la femelle.

LE MOINE.

DÉFINITION.

Animal à figure humaine, avec un capuchon, hurlant pendant la nuit ; tourmenté de la ſoif.

DESCRIPTION.

Le corps bipede, droit ; le dos courbé, la tête penchée en avant, toujours ornée d'un capuchon. Le corps couvert de tous côtés, excepté dans quelques eſpeces les pieds, le derriere, les mains & la tête qui ſont à nud.

Du reſte, animal avare, malpropre, exhalant une odeur fœtide; oiſif, aimant mieux manquer de tout que de travailler. Les moines ſe raſſemblent en troupe au ſoleil levant ou couchant & auſſi dans la nuit; ils crient tous enſemble, quand un d'entr'eux a donné l'exemple; ils accourent tous au ſon des cloches; ils marchent preſque toujours deux à deux; il ſe couvrent de laine; ils vivent de rapine & de quête; ils diſent que le monde n'a été créé que pour eux; ils ſe multiplient furtivement, attaquent ceux de leur propre eſpece, ſe battent, ſe déshonorent dans leurs aſſemblées pour les places lucratives & ſupérieures, & portent toujours des coups cachés à leurs ennemis: la retraite, la diſcipline & le cachot n'eſt que pour les individus qui penſent & qui diſent autrement que le chef. La femelle ne differe du mâle que par un voile qu'elle a toujours ſur la tête; elle eſt plus propre, ne ſort preſque pas de ſon habitation, qu'elle a ſoin de tenir très-nette. (*a*) Les jeunes aiment à jouer, elles prennent tout ce qu'elles peuvent rencontrer, regardent autour d'elles, ſaluent

---

(*a*) Elle dit *Ave* quand on l'interroge, elles jaſent toutes à la fois, quand elles en ont la permiſſion; elles tremblent au ſon des cloches.

les mâles en riant : les adultes & les vieilles ſont malignes ; elles mordent, elles montrent leurs dents quand elles ſont en colere.

DIFFÉRENCES.

L'homme parle, raiſonne, a une volonté. Le moine le plus ſouvent eſt muet, ne raiſonne pas & n'a point de volonté, car il eſt entiérement ſoumis à ſon ſupérieur. L'homme porte ſa tête élevée ; le moine la porte penchée, les yeux toujours fixés contre terre. L'homme gagne ſon pain à la ſueur de ſon front ; le moine s'engraiſſe dans l'oiſiveté. L'homme habite avec ſes ſemblables ; le moine cherche la ſolitude, ſe cache, fuit le grand jour, d'où il eſt clair que le genre *le Moine* eſt très-diſtinct de celui de l'homme, & qu'il eſt intermédiaire entre celui-ci & celui du ſinge ; qu'il eſt pourtant plus rapproché de ce dernier dont il ne differe preſque que par la voix & la qualité de ſes aliments.

USAGES.

Un poids inutile ſur la terre, né pour manger & boire.

MÉTAMORPHOSES.

PLANTES. *Graines, avec cotyledons ; en fleur, en graine.*

INSECTES. *Œuf, chenille, chryſalide, inſecte parfait.*

QUADRUPEDES. *Fœtus, enfant ; jeune, adulte.*

CRAPAUDS. *Œuf, tetard, crapouſin, crapaud.*

MOINES. *Oblat ou donné, Novice ; Frere lai, Reverend Pere.*

I.

LE BÉNÉDICTIN.

DESCRIPTION.

SANS barbe ; la tête tondue, marquée d'une corolle linéaire ; les pieds chaussés ; le derriere couvert d'une culotte ; la robe de laine, noire, enveloppant tout le corps & les extrémités inférieures ; le capuchon lâche, presque arrondi, ample ; le scapulaire pendant, plane, de la longueur de l'abdomen ; le collier roide, bordé de blanc ; la ceinture de laine, ou de soie, large ; le manteau noir descendant jusques aux talons, les tégumens internes le plus souvent noirs ; les manches étroites, retrécies au poignet, & un peu relevées.

ŒCONOMIE ANIMALE.

L'air éthiolé, la démarche lente, la tête haute. Il pousse des cris trois ou quatre fois par jour & au milieu de la nuit; il fait entendre quelquefois au premier chant du coq, des sons sourds, lents & graves; c'est alors qu'il s'affuble d'une grande robe plissée, avec des manches très-amples, & qu'il a la tête couverte d'un bonnet quarré.

Il mange indifféremment de tout, jeûne rarement, boit à quatre heures après midi, est tourmenté de la soif des richesses: il ramasse aussi soigneusement des écus, & les garde dans son trésor. Quelques-uns se contentent de végéter; d'autres aiment l'étude, comme ceux de la Congrégation de St. Maur; il garde les corps embaumés de nos Princes.

Quand il ſort de ſon habitation, il ſe dépouille de ſon capuchon, (*a*) & fixe ſon ſcapulaire au moyen d'une ceinture. Il défend ſa tête des injures de l'air au moyen d'une calotte, ou d'un grand chapeau négligemment relevé.

La Femelle cache ſon front & ſes joues ſous un voile blanc en deſſous, noir en deſſus; elle couvre auſſi ſon ſein d'un linge blanc.

Les deux ſexes offrent un grand nombre de variétés; & nous exhortons les naturaliſtes qui ſeront à portée de les examiner dans leurs propres habitations, à nous donner les caractères eſſentiels à chacune d'elles.

(*a*) C'eſt au moyen de cette eſpece que ſe fait la tranſition des moines qui ont un capuchon, aux abbés qui n'en ont point. La nature ne rompt jamais la chaîne qui unit entre elles toutes les eſpeces, tant eſt grande la force d'analogie qui rapprochant entre eux les différens êtres, compoſe les *Familles naturelles!*

On trouve le plus ſouvent cette eſpece dans les pays montagneux, pour leſquels elle a une ſorte de prédilection ; on l'obſerve rarement dans les Villes & les lieux fréquentés par les hommes.

Il ſuit la regle de Benoît, le Pere des Moines de l'Occident.

MATH. GALENI, *origines monaſt.* 4to. *Dilingæ*, 1563.

REYNERIUS, *apoſtolatus benedictin. fol. Duaci*, 1626.

YEPES, *chronicon generale*, *fol. Coloniæ*, 1648.

P. Paolo Morigia, *Iſtoria di tutte le Religioni che ſono ſtate al mondo*, *in Venezia*, *preſſo Gio. Batt. Bonſadio*, 1586, *in-12*.

II.

LE JACOBIN,

OU

DOMINICAIN.

Certain Frocard moitié blanc, moitié noir,
Portant criniere en écuelle arrondie,
Au fier aspect de cet animal pie
. . . .
On dit tout bas cet homme est Jacobin.

PUC. chant. V.

DESCRIPTION.

SANS barbe ; la tête rasée ; la corolle garnie de poils, non interrompue ; les pieds chaussés ; le derriere couvert d'une culotte ; la robe de laine, tissue, blanche ; la ceinture de cuir, large de trois travers de doigts ; le capuchon versatile, relevé en bosse vers la tête, finué fur les bords, tronqué ; fon appendice formant antérieurement un froc arrondi, & poftérieurement un autre pointu ; une ceinture longitudinale partage ces deux frocs dans leur milieu ; les manches de la longueur des bras, amples, repliées ; le collier blanc, à peine vifible à l'œil, nud, caché ordinairement fous un gros menton & la graiffe du col, qui retombe en tout fens fur les épaules : quand il fort de fon habitation, il fe couvre d'un long manteau de laine, noir, cachant la robe blanche, augmenté d'un capuchon & de deux frocs dont l'un pectoral & l'autre dorfal ; les tégumens internes ordinairement blancs; les manches de la vefte étroites & dépaffant les grandes manches.

Les freres lais n'ont point de manteau ; ils ne fe dépouillent jamais du capuchon & du fcapulaire noir.

ŒCONOMIE ANIMALE.

La mine hypocrite ; la démarche lascive; la physionomie traître ; il hurle vers le milieu de la nuit ; sa voix est désagréable & rauque.

Il a un bon nez, & découvre à de très-grandes distances le vin & l'hérésie ; il mange de tout. La faim est une des épreuves des novices ; les vétérans mettant de côté toutes les occupations & tous les soucis, font un dieu de leur ventre ; ils se nourrissent de viandes succulentes, se couchent sur des lits mols, reposent tranquillement, dorment beaucoup, & suivent le même genre de vie de certains animaux immondes, afin que tout ce qu'ils prennent se convertisse en graisse : le plus grand nombre ont de gros ventres ; les vieux qui sont les plus ventrus, sont les plus estimés ; ils combattent contre l'immaculée conception;

auſſi s'adonnent-ils par préférence aux femelles publiques.

Cette eſpece eſt l'ennemi du genre humain & de la ſaine raiſon; elle renferme moins d'individus que quelques autres; le Créateur par une ſage prévoyance ne les a pas voulu rendre auſſi communs. Il ſuit des yeux & de très-loin ſa proie, & fond ſur elle au moindre ſigne de ſes ſemblables; il tâche de s'en ſaiſir en employant tour à tour la force & la ruſe; il la pouſſe enfin ſur un bûcher enflammé; c'eſt alors qu'une troupe de Moines qui ne reſpirent que le ſang & la mort, inſultent aux tourmens de la miſérable victime, & s'applaudiſſent entre eux par des hurlemens affreux & épouvantables; ils ſe partagent enſuite les dépouilles. Le grand inquiſiteur, qui eſt le plus terrible de tous, donne, comme le Baſilic, la mort par ſes ſeuls regards. Il ſont très-dangereux en Eſpagne, en Portugal & dans l'Amérique méridionale ; ceux de nos pays ne ſont pas tout-à-fait privés de qualités venimeuſes ; mais comme ils ſont dans un climat tempéré, ils ſont un peu plus traitables ; ils deviennent terribles dès qu'on les tranſporte dans un pays chaud.

Il changent aſſez ſouvent de couleur, & ſont *pies*, la nature les a créés ainſi, afin qu'ils euſſent un air ſuſpect, & qu'ils inſpiraſſent de la méfiance à tous ceux qui les verroient. Le Créateur a bien voulu accorder aux hommes des Princes qui ont exterminé en partie cette eſpece, ou qui l'ont un peu apprivoiſée par des enchantemens particuliers.

La femelle ne differe du mâle que par un voile noir, & des mœurs moins féroces.

Il ſuit les loix d'un Eſpagnol nommé Dominique, qui avec la ſanction du S. Pere, a le premier condamné au feu des hommes, & pour qu'il ne manquât jamais de cette race exterminatrice a établi dans le XIII ſiecle cette eſpece de moine qui veut perſuader ſa doctrine par le fer & le feu.

Un chien de chaſſe enragé, portant dans ſa gueule une torche allumée, & qui ſemble annoncer des ſupplices de toute eſpece, eſt le ſigne que cette eſpece cruelle a choiſi pour ſe diſtinguer de toutes les autres.

Chronicon Fratrum ordinis Prædic. in-8°. Paris, Nivelle, 1585.

Libri quinque apologetici pro . . . . moribus Ordinis Prædicatorum, in-8°. 2 *vol. Paris, Piget*, 1666.

Iſtoria della ſacra Inquiſizione; opera pia, dotta e curioſa dal R. P. Paolo Servita, *in-4°. Serravalle, dalla Stamperia di Albicocco*, 1638.

Joſeph-François d'Iſle, *Hiſtoire du fameux Prédicateur* (Dominicain) *Eſpagnol Fr. Gerundio de Campazas, alias Zotes, Prédicateur général du College de St. Thomas de Madrid, in-4°.* 175...

III.

LE CAMALDULE.

DESCRIPTION.

BARBU ; la barbe defcendante fur la poitrine ; la tête tondue, garnie de poils courts, marquée d'une corolle linéaire ; le derriere couvert d'une culotte ; les pieds chauffés ; une femelle de bois ; la robe de drap groffier, blanche, tombant fur les pieds ; le capuchon arrondi, lâche ; les manches de la longueur des bras, amples ; le fcapulaire de la longueur de la robe, fixé au moyen d'une ceinture de drap, blanche ; le collier étroit, coufu à la robe ; le manteau blanc, ample, enveloppant tout le corps & tombant fur les pieds ; une vefte de laine au lieu de chemife ; un cilice rempli d'épines quelquefois tournées en dehors.

ŒCONOMIE ANIMALE.

L'air févere ; la démarche pefante. Il chante en troupes, fept fois par jour, & au milieu de la nuit ; il fait entendre un fon guttural, fépulchral, & traînant ; il garde le filence dans fon habitation, où il eft toujours, à ce qu'il dit, en contemplation ; il végete dans l'oifiveté ; rarement il s'éloigne de fa demeure.

Il mange du poiffon, des œufs & des végétaux ; en tems de jeûne il dénature les légumes & la farine, en y mettant de l'huile en abondance ; il fe défaltere avec du vin.

Quand il s'écarte par hazard de fon habitation, il fe dépouille de la chauffure de bois, & prend alors des fouliers.

Les Freres lais ont le corps ceint d'une courroie.

La Femelle ne differe du mâle que

par un voile dont elle se couvre la tête.

On le trouve dans les montagnes, les bois & les endroits escarpés.

Il suit la regle de Benoît, d'après l'ordre d'un certain Romualdi, qui ayant vu en songe des moines blancs montant au ciel par une échelle, changea, avec l'agrément du ciel, l'enveloppe noire des Bénédictins en blanche. Cette espece est assez rare, on ne la trouve plus dans les pays soumis à la maison d'Autriche; on a fait en 1782 une chasse générale dans ces états, qui a détruit les derniers individus.

P. Gui Grandis, *Dissertationes de antiquit. ord. Camald. Lucæ*, 1707.

Columnæ militantis ecclesiæ, in-fol. fig. Norimb. 1735.

Hélyot, *histoire des Ord. relig. tom. V. chap. XXI. in-4°. Paris*, 1714.

Benedetto Ruffi, Eremita Camaldolese, *delle constituzioni e dell' origine de' Monaci, in Venezia, per Michel Tramezino*, 1563, *in-4°*.

IV.

LE FRANCISCAIN.

DESCRIPTION.

SANS barbe ; la tête rasée ; la corolle vélue non interrompue ; les pieds à demi chaussés ; le derriere couvert en partie ; la robe de drap, brune ; le capuchon mobile, presque en forme de cœur, court ; le froc pectoral presque arrondi ; le dorsal triangulaire descendant plus bas que la région d'un cordon blanc à trois nœuds & ceignant deux fois l'abdomen ; les manches de la longueur des bras, assez amples pour pouvoir y cacher les mains ; le scapulaire manque ; le manteau brun, tronqué, descendant un peu au-dessous du derriere, attaché par un morceau d'os sur la partie antérieure du thorax ; les tégumens internes de drap, pour chatouiller la peau ; le tablier de drap, autour des fesses, attaché à la veste & descendant jusqu'aux genoux.

ŒCONOMIE ANIMALE.

L'air rustique ; la démarche compassée ; la robe toute couverte de petits sacs en forme d'entonnoir, où il cache ses comestibles ; les goussets sous les aisseles ou les axillaires servent à faire fermenter le tabac ; ceux du thorax ou les thoraciques renferment la tabatiere ; ceux des manches ou les branchiaux reçoivent le mouchoir : il exhale une odeur forte de bouc ; on le voit quelquefois ruminer quand il est en repos ; il méprise l'or & l'argent, & songe seulement à attraper du pain, de la viande, ou du poisson dont il fait sa nourriture ordinaire ; il mandie, & ôtant son capuchon, il offre en reconnoissance du tabac à ceux qui lui font la charité ; il a un art ſingulier pour métamorphoſer preſque en un clin d'œil des amulettes, des chapellets, des roſaires, des reliques, des agnus caſtus, des images, & un grand nombre de taliſmans, en vin & en choſes comeſtibles ; il ſe bat avec les individus de ſon eſpece, & ſe défait quelquefois de ſon ennemi en cachette.

Il chante ſouvent dans le jour ; & depuis le milieu de la nuit juſques au point du jour ; il fait entendre une voix criarde & très-élevée.

Les novices ſubiſſent une épreuve d'un an.

La femelle eſt en tout ſemblable au mâle ; elle ſe couvre ſeulement la tête d'un morceau de toile noire.

On les trouve dans les Bourgs & les Villes. Le nombre des variétés de cette eſpece eſt preſque infini ; elles different ſeulement entre elles par leur œconomie, leur genre de vie, & un port particulier, & ne méritent pas de conſtituer des especes distinctes. L'espece hybride qui s'échappe de temps à autres d'Irlande, cultive aussi quelques-unes des facultés intellectuelles.

Il est le vrai & le coéternel fils de François, qui par une inspiration divine prédit que la fin du genre humain arriveroit avant celle de son espece ; peut-être pour que l'œconomie de la nature ne soit point dérangée, car on sait que chaque espece d'animal forme un chaînon de la grande chaîne qui unit tous les êtres, & qui serait rompue, si une punaise ou un poux seulement étoient détruits. On trouve dans les annales de cette espece, que leur créateur François eût pour premier compagnon de ses travaux un cochon : il étoit fort en peine pour trouver un moyen de faire approuver sa maniere de vivre à Innocent III. lorsqu'il vit un cochon qui se vautrait dans une marre ; incité par un si bel exemple, il en fit de même, & se présenta tout couvert de boue au St. Pere, qui touché de cet acte pieux, bénit au commencement du XIIIme. siecle les loix de François.

Sedulius, *Historia seraphica vitæ B. Francisci*, *in-fol. fig. Antuerp. Nutius*, 1613.

Bartholom. de Pisis, *Liber conformitatum. in-fol. Bononiæ*, 1590.

De Voragine, *Legenda aurea*, *in-4o. Lugduni*, 1514.

L'alcoran des Cordeliers, 2 *vol. in-12. fig. Amst.* 173....

V.

LE CAPUCIN.

Capucingaux, plus tristes, plus maniaques & plus fascheux qu'espece qui fut en toute l'isle. Afrique, dit Pantagruel, est coustumiere tousjours choses produire nouvelles & monstrueuses.

Pantagr. liv. V, chap. III.

DESCRIPTION.

LE menton, les joues & le bord supérieur de la gueule garnis de poils longs; la tête rasée; la corolle velue, interrompue vers le sinciput; les pieds à demi chaussés; le derriere & le col nuds; la robe de drap, composée de lambeaux à demi usés & cousus ensemble, brune, marquée sur l'abdomen de deux plis longitudinaux; le capuchon mobile, allongé, pointu, subulé à son extrémité; les manches de la longueur des bras, amples, ſervant d'enveloppe aux bras velus ; le ſcapulaire manque ; le cordon blanc, à trois nœuds ; le manteau tronqué ſur les feſſes, enveloppant le dos, l'abdomen & les extrémités ſupérieures ; les tégumens internes manquent.

ŒCONOMIE ANIMALE.

L'air miſérable ; la démarche lâche ; la phyſionomie ſiniſtre, très-reſſemblante à celle du Ourang-outang. Il exhale une odeur forte ; il cache tout ce qu'on lui donne dans ſon capuchon & dans des gouſſets qu'il a ſous les aiſſelles ; il lui ſuffit de retrouſſer ſa robe pour faire ſes ordures librement ; il frotte ſon derriere avec un bout de corde. Il a l'épine du dos très-flexible, au moindre ſigne de ſon ſupérieur il ſe vautre par terre ; il ne touche ni à l'or ni à l'argent, mais il fait continuellement la chaſſe aux poux, qui le vexent, &

qu'il ne tue pourtant pas ; il ſe bat contre les individus de ſa propre eſpece ; on appaiſe aiſément ſa colere en paſſant avec douceur la main ſur ſa barbe, dont il a le plus grand ſoin ; il hurle à certaines heures du jour & de la nuit, d'un ton naſal & déſagréable ; il dévore & boit de tout indiſtinctement ; les plus barbus ont le privilege de porter en route de petites phioles remplies d'eau-de-vie, qu'ils nichent au fond de leur capuchon pour ſe déſaltérer ; le ſilence eſt ſon état naturel ; à peine a-t-il quelques penſées ; le beſoin l'oblige à s'éloigner de ſon habitation pour aller quêter ſa nourriture ; il ramaſſe & entaſſe de la paille ſur laquelle il dort.

La Femelle a le voile ſupérieur noir, l'inférieur blanc : l'un & l'autre preſque en forme de cœur ſur le front ; le col nud ; l'enveloppe du ſein blanche.

On éprouve les novices pendant un an en leur faiſant nettoyer la vaiſſelle, porter du bois, balayer les ordures, lécher la terre, &c.

Les Freres lais ont la tête garnie de longs poils; ils ſont ſemblables aux larves ou aux chenilles qui n'ont pas encore acquis tous les caracteres propres à l'eſpece; le capuchon leur manque.

On le trouve le plus ſouvent dans les Bourgs & quelques Villes.

Cette eſpece a été créée par François, & rédigée par Matthieu Baſchi, qui ne pouvant ſe réſoudre à obéir, après avoir commandé, ſortit de ſon couvent, & avec l'approbation de *Clément VIII*, déchira le capuchon pointu, qu'il avoit reçu du ciel.

A Boverio, *Annales capucinorum*, *in-fol. fig. Lugd.* 1632.

Cacherat, *Le capucin défendu*, *in*-8°. *Paris*, 1642.

S. Rouillard, *Les Gymnopedes*, *in*-4. *Paris*, 1624.

La Guerre ſéraphique, ou Hiſtoire des périls qu'a couru la barbe des Capucins, &c. *in*-12. *Amſt.* 1734.

VI.

L'AUGUSTIN.

DESCRIPTION.

SANS barbe ; la tête rasée ; la corolle garnie de poils, non interrompue ; la calotte noire, orbiculaire, composée de cinq pieces ; le derriere à demi couvert ; le col nud ; les pieds à demi chaussés ; la robe de drap, noire, assez ample ; une courroye noire, ceignant les reins, & pendante sur la région ombilicale jusqu'au-dessous des genoux ; le capuchon mobile, court, presque en forme de cœur ; le froc pectoral arrondi ; le dorsal rétreci & terminé en angle aigu ; les manches de la longueur des bras, repliées sur le poignet ; le manteau noir, descendant jusqu'aux genoux ; les tégumens internes de laine. (a)

ŒCONOMIE ANIMALE.

L'air d'un idiot ; la physionomie crapuleuse ; la démarche niaise ; il chante quelquefois le jour & au milieu de la nuit ; il fait entendre des sons mélodieux & très-hauts ; quelquefois malgré la crapule & l'oisiveté il devient très-maigre ; dans quelques Villes & surtout à Vienne, il sert à garder les intestins des Princes farcis d'aromates.

Il est carnivore, & tourmenté d'une soif inextinguible ; on le prendroit pour un animal hydrophobe, car il ne touche

---

(a) On doit rapporter à cette espece les grands Augustins, les Brittiniens, les Guillelmites, les Colorites, petits Peres, Capucins noirs, à longues manches, à manches courtes, blancs dans leurs habitations, noirs dans les rues ; blancs en dessous, & noirs en dessus.

jamais à l'eau ; il ne mord pourtant pas & n'a aucun autre ſigne de rage ; il chante plus gaiement lorſque la vigne eſt en ſeve.

Le vin qu'il boit en quantité, amortit chez lui l'aiguillon de la chair ; auſſi ſe ſoucie-t-il très-peu de ſa femelle, dont on rencontre un très-petit nombre d'habitations, & ſur-tout dans les pays de vignobles où vous chercheriez en vain un ſeul individu femelle.

On le trouve dans les Villes & les Villages, principalement dans le voiſinage des bois. Il ſuit les loix d'Auguſtin, qu'un Portugais, Thomas de Jeſus, réforma dans le XVIme. ſiecle, laiſſant à la noble maiſon d'Andrade le fameux titre de Pere d'une nombreuſe poſtérité.

Cruſenius, *Monaſticon Auguſtinianum*, *in-fol. fig. Monachii*, 1623.

Elſſius, *Encomiaſticon Auguſtinianum*, *in-fol. Bruxelles*, 1654.

Mart. Luther, *ejusd. Ord. de Votis Monaſt. in-8°. Wittemb.* 15.....

VII.

LE TRINITAIRE.

DESCRIPTION.

SANS barbe ; la tête rafée ; une touffe de cheveux hémifphérique ; les pieds à demi chauffés ; le derriere à demi couvert ; la robe de laine, blanche, fixée par une ceinture noire ; un peu relevée fur les bords du fcapulaire ; le capuchon lâche, blanc, joint aux frocs pectoral & dorfal ; le premier court, arrondi ; le dernier plus long ; pointu ; le fcapulaire étroit, plus court que la robe, marqué d'une croix ; les manches de la longueur des bras, repliées ; le manteau noir, ample, orné d'un capuchon de la même couleur, abforbant en entier le capuchon blanc de la robe; une croix rouge & bleue ſur le ſcapulaire & ſur le côté gauche du manteau; les tégumens internes de laine.

ŒCONOMIE ANIMALE.

L'air grave, affairé; la phyſionomie exotique; il fait entendre au milieu de la nuit des ſons diſſonans & déſagréables; il eſt ichthyophage dans ſon habitation, & s'accommode de tout dès qu'il en eſt ſorti; il préfere pourtant la tripaille des animaux à toute autre nourriture; il eſt avide de chair humaine, ſans qu'on puiſſe cependant dire qu'il ſoit antropophage; on le voit dans tous les marchés où on vend des hommes; il dépouille les Européens, va porter enſuite ſa proye aux Pyrates Afriquains, pour avoir d'eux des Eſclaves; il laiſſe croître la barbe quand il va en foire.

Cette eſpece eſt très-variée en Eſpagne & en Portugal : l'on y voit des individus bien chauſſés & mieux culottés rafler pieuſement des piaſtres & des gourdes anciennes & nouvelles : les naturaliſtes de ces pays-là ont découvert l'antipathie mortelle de cette eſpece, pour le fameux & vaillant marin Dom Barcelo, qui ſait faire la rédemption des captifs ſans ſcapulaire, ſans la croix rouge, & ſans le bois de cerf.

Ce Moine, ſemblable aux gens qui ſont toujours en voyage, ou aux marchands forains, n'a point de femelle, excepté peut-être dans les Provinces les plus chaudes de l'Eſpagne ; il s'accommode aſſez volontiers des femelles des autres eſpeces : les perſonnes qui entreront avec leurs femmes dans les habitations de cette eſpece, doivent prendre garde au cerf à grand bois qui eſt toujours avec Jean de Matha, & le bienheureux de Valois, les Peres de ces Moines, qui par l'inſtigation de ce cerf, séparerent leurs disciples des autres moines, & les réduisirent en une espece particuliere dans le XIIme. siecle.

Quand il a terminé ses émigrations, il passe son quartier d'hiver dans les Villes.

Le Pere de la Merci est une variété de cette espece.

Annales Ord. SS. Trinit. in-fol. Romæ 1683.

Relation du Voyage pour la rédemption des captifs, aux Royaumes de Maroc & d'Alger, in-12. Paris, 1726.

René de la Vallée, *Hipparque du réligieux marchand, in-12.* 1645.

VIII.

LE CARME

ORDINAIRE.

DESCRIPTION.

Sans barbe ; la tête rasée ; la corolle garnie de poils, non interrompue ; les pieds chaussés ; le derriere couvert par une culotte ; la robe de drap, brune ; le capuchon lâche, ample ; le froc pectoral court, arrondi ; le dorsal triangulaire, atteignant par son extrémité le derriere ; le collier de drap, noir ou brun ; les manches de la longueur des bras, amples ; la ceinture noire, passant sur la région ombilicale sous le scapulaire ; le manteau de laine, blanc, de la longueur de la robe, orné d'un capuchon très-lâche, & de deux frocs l'un dorsal, l'autre pectoral; ce qui constitue l'enveloppe de toute la robe; la chemise de toile; la veste de laine.

ŒCONOMIE ANIMALE.

L'air robuste; le visage réjoui; la physionomie impudique; les épaules larges; la démarche dure.

Il s'engraisse avec de la viande; fait entendre également le jour & la nuit des sons durs.

Il est combattant, dissolu, cherche les querelles, aime à se battre contre les individus de son espece: il est plus dangereux de se trouver sur son passage quand il est en fureur, que sur celui d'un taureau. Il a sur-tout du penchant pour les combats, & les engagemens nocturnes; ses parties sexuelles sont dans quelques pays d'une grosseur monstrueuse; non content de ſa femelle, il fait quelquefois, comme l'Ourang-outang, violence aux femmes.

La femelle de cette eſpece ſert encore à l'eſpece ſuivante.

On le trouve dans les Villes, & plus ſouvent dans les Fauxbourgs.

Engendré par Elie & Eliſée, il offre un exemple frappant de dégénération; il a paru pour la premiere fois ſur le Mont Carmel.

Acta Sanctorum ad diem XX Julii. in-fol. Antuerp.

Cartagena, *De antiquitate ordinis Montis Carmel. in-8°. Ant.* 1620.

Miræus, *Ordinis Carmelitani origo, in-8°. Ant.* 1610.

Joan. Baleus, ejusd. Ord. *Biblioth. mundi. in-fol. Lond.* 15....

IX.

I X.

LE CARME

DÉCHAUSSÉ.

DESCRIPTION.

SANS barbe ; la tête rasée ; la corolle garnie de poils, non interrompue ; les pieds à demi chaussés ; le derriere à demi couvert ; la robe de drap, brune, retenue sur le corps par une ceinture large, noire ; le scapulaire antérieur, étroit, obtus, plus court que la robe ; le capuchon lâche, ample, sinué, joint au froc pectoral presque arrondi, & au dorsal pointu ; les manches de la longueur des bras, repliées ; le manteau de drap, blanc, defcendant jufques aux genoux, orné d'un capuchon lâche, qui peut fe renverfer, & d'un froc pectoral prefque arrondi, ainfi que d'un dorfal triangulaire; les tégumens internes de laine.

ŒCONOMIE ANIMALE.

L'air affez modefte; il marche lentement & à pas comptés; il mange indifféremment des poiffons, des œufs, du laitage & de la farine, ne touche point à la viande; il préfere la biere à toute autre boiffon; il eft cependant obligé de goûter un peu de vin tous les jours; quand il eft bien repû, il s'endort fuivant fa regle; il fait entendre au milieu de la nuit une voix monotone & fourde: cette efpece aime beaucoup la propreté; elle chaffe les jeunes qui ont des poux ou des morpions; elle déchire en lambeaux les vieilles robes des individus, & les conferve foigneufement dans les lieux d'aiſance ; les novices ſont chargés de laver ces drapeaux après qu'on s'en eſt ſervi ; œconomie admirable de la nature qui a donné à chaque eſpece un inſtinct particulier pour mettre tout à profit ; ainſi l'oiſeau fait manger à ſes petits leurs excréments ; ainſi le grand Lama . . . . ô profondeur !

La femelle vit un peu plus auſtérement que le mâle ; elle couvre ſon chef d'un voile & ne s'attroupe jamais ſans être enveloppée d'un manteau beaucoup plus long que celui des mâles.

On les trouve par troupeaux dans les villes ; quelques-uns vivent iſolés dans des hermitages ; ceux-ci ont comme les ſerpents à ſonnettes une ſonnette près de la queue, qu'ils font ſonner toutes les fois qu'ils ſentent l'aiguillon de la chair, & qu'ils veulent annoncer leur bonne fortune à tous ceux de leur eſpece ; alors chacun d'entreux témoigne ſon contentement par des cris ſourds, & applaudit à l'heureux préſage ; maniere ingénieuſe de faire connoître en un inſtant dans toute la forêt les feux de la concupiſcence d'un ſeul. Ces Anachoretes ne ſe raſent point la barbe de retour à leurs habitations.

Albert, Patriarche de Jéruſalem en 1205, réduiſit en une ſeule eſpece pluſieurs familles autrefois diſperſées dans l'Aſie ; une fille Eſpagnole, Thérefe, la rétablit au XVI ſiecle ; par ſon ordre ils mirent la culotte bas & ſe déchauſſerent.

Acta ſanctorum, menſis april. ad diem VIII.

P. Helyot. *Hiſtoire des Ord. Rel. tom. I, c.* 46 *&* 47.

P. Franc. à Sta. Maria, *Hiſtoire de la réforme des Carmes, in-fol.*

Hiſtoire du déſert des Carmes Dechauſſés, dit las Batuecas, *ſous le titre*, les cinq mots de St. Paul, *in-*4°. *fig. Matriti* 17....

X.

LE SERVITE.

DESCRIPTION.

SANS barbe dans les climats tempérés ; barbu dans les pays du Nord ; la barbe longue, bifide, le plus souvent rousse ; la tête rasée ; la corolle filiforme, garnie de poils, interrompue sur le sinciput ; le col nud ; les pieds chaussés ; le derriere couvert d'une culotte ; la robe de drap, noire ; le capuchon mobile, presque en forme de cœur, joint aux frocs dont le pectoral est court, arrondi, le dorsal triangulaire ; le scapulaire large, obtus, libre ; les manches de la longueur des bras, repliées ; la ceinture de cuir, noire, pendante sur l'extrémité inférieure gauche ; le manteau de drap noir, tronqué autour des fémurs ; le capuchon ample, arrondi, ombrageant la tête & les épaules.

ŒCONOMIE ANIMALE.

L'air judaïque, la démarche pareſſeuſe. Il mange & boit également de tout ; il trouble le repos de ſes voiſins pendant la nuit en faiſant entendre des ſons tremblottans qu'il tire du fond de ſon goſier.

Il eſt très-enclin à l'avarice & à la luxure ; uſurier, il ramaſſe des écus de toutes les manieres & les conſerve ſoigneuſement ; il a pourtant, comme tous les avares, l'air pauvre ; il ſe donne la diſcipline les mercredis & les vendredis, & ſon pauvre derriere innocent expie les péchés de l'avarice & de la chair.

Il eſt ſans barbe en Italie, il l'a priſe en Allemagne, afin de s'allier le capucin Barchi, favori de Marie Julie, veuve de l'Archiduc. Cette Princeſſe a tranſplanté cette eſpece en Allemagne; on peut la regarder comme un mulet produit par le Capucin, & le Servite Italien.

On peut dire qu'il eſt bigame; car il a deux ſortes de femelles; une confinée, & l'autre vagabonde; la premiere ne differe de ſon mâle que par le voile; la ſeconde a une étoile bleue ſur le front, & une tache rouge ſur le ſein (*a*) gauche.

Il doit ſon origine à ſept Marchands Italiens; de-là ſon goût pour l'avarice: il a paru pour la premiere fois dans un des Fauxbourgs de Florence; de-là ſon penchant à la luxure.

(*a*) Quelques Moines, ſous le nom de *Mamillaires*, ont cru qu'on pouvoit ſans pécher prendre la gorge d'une Réligieuſe. *H. de l'h.......*

Giano, *Annales Ord. FF. Servor. B. Mariæ. in-fol. Florentiæ* 1618. *apud Juntas.*

Mich. Florentini, *Chronicon Ord. Serv. B. Mariæ, in-4°. Florent.* 1667.

Histoire des Ordres Monastiques, contenant tout ce qu'il y a de plus curieux dans chaque Ordre, in-12. Berlin, 1751.

X I.

LE LA TRAPPE.

DESCRIPTION.

SANS barbe ; la tête garnie de poils ; avec un ſillon linéaire, circonſcrit ; les pieds couverts d'une chauſſure en bois ; le derriere couvert par une culotte ; le capuchon noir, mobile, pointu, court ; la robe de drap, blanche ; le ſcapulaire noir, étroit, fixé par une ceinture de laine noire ; les manches étroites ; le collier roide, blanc ; les tégumens internes de laine ; il porte des ſouliers & s'enveloppe d'une robe très-ample, blanche, augmentée de grandes manches & ſurmontée d'un capuchon linguiforme, quand il paroît aux aſſemblées.

ŒCONOMIE ANIMALE.

L'air ſiniſtre ; la démarche lente, lugubre ; la méditation eſt peinte ſur ſon viſage.

Il eſt miſanthrope, fuit les hommes, & même les individus de ſa propre eſpece ; il a conſtamment les yeux fixés contre terre.

Il eſt muet, mais il pouſſe de tems en tems, ſur-tout pendant la nuit, quelques ſons lamentables ; il a pour lors le corps recroquevillé.

Il ſe nourrit de végétaux, de bayes, de pommes, de poires, de raves, de choux, &c. il boit des ſucs exprimés des fruits charnus.

Cette troupe de Moines eſt compoſée par ceux qu'un amour malheureux ou une ruine entiere ont engagé à s'aſſocier de cette maniere ; rien ne les épouvante, la mort même eſt un bien pour ceux qui n'entretiennent aucune eſpérance flatteuſe ; il eſt toujours dans la ſaleté, les ſoupirs & les pleurs ; il dort dans ſon tombeau, ne donne aucun remede aux malades, car Hippocrate dit qu'il ne faut rien faire prendre aux gens déſeſpérés ; à l'article de la mort on le couche ſur les cendres, & il expire entouré de tous ceux de ſon eſpece qui lui portent envie.

Comme il a plus à cœur la deſtruction que la multiplication de ſon eſpece, il n'a point de femelle.

C'eſt le ſeul moine qui laboure, fouille la terre, mais il ne jouit pas des fruits de ſon travail, ils appartiennent aux chefs de l'eſpece.

Petit fils de Benoît, fils de Bernard, ils s'enfuirent de Cîteaux dans les déſerts comme une troupe d'enragés. On prendrait leurs habitations pour de petites maiſons, ou pour le repaire d'une troupe de déſeſpérés.

Réglemens de l'Abbaye de la Trappe; in-12. *Paris*, 1690.

Lettres sur la fameuse question si les Solitaires . . . . étoient chrétiens; in-12. *Paris*, 1712.

XII.

LE MINIME.

DESCRIPTION.

SANS barbe ; la tête garnie de poils, avec une tache ronde dans le milieu ; les pieds chaussés ; le derriere couvert d'une culotte ; la robe de laine, ample, noire ; le capuchon triangulaire, mobile, ponctué, presque écailleux, roide, formé de deux draps cousus ensemble, de maniere que lorsqu'il penche la tête il a l'air d'un animal cataphracte ; le collier noir, bordé de blanc ; les manches larges, répliées sur le poignet, formant aux coudes un sac qui descend jusqu'aux genoux ; le scapulaire large, arrondi par le bout, descendant antérieurement jusqu'aux genoux, poſtérieurement plus bas, formant une queue large; il eſt diviſé dans toute ſa longueur par une ſuture longitudinale qui le traverſe dans le milieu, & par deux autres ſutures tranſverſales, triangulaires, dont l'antérieure a ſon angle dirigé vers la poitrine, & la poſtérieure ſon angle dirigé vers les feſſes; le cordon de laine, cylindrique, augmenté d'un autre orné de deux régions de nœuds, cinq à chaque, tombant ſur l'extrémité inférieure droite. Les tégumens internes, dont il ne ſe dépouille jamais, pas même la nuit, ont une odeur d'huile très-forte.

ŒCONOMIE ANIMALE.

L'air luride; la démarche imbecille, incertaine; il exhale une odeur d'huile rance qui excite des nauſées; il n'y a pas de vents plus fétides que ceux qu'il lâche; il n'a ni poux, ni puces,

& en général il n'a ſur lui aucun inſecte, qui fuyent tous, comme on fait, l'huile.

Il fait entendre au milieu de la nuit une voix criarde; il paſſe la journée à ne rien faire.

Il rejette la viande, les laitages & les œufs; dévore les poiſſons & les végétaux, qu'il a grand ſoin de bien arroſer d'huile; il aprête de la même maniere les macreuſes, les ſarcelles, les poules d'eau qu'il a métamorphoſées, contre toutes les loix de la nature, en poiſſons; il étend ſa déteſtable cuiſine juſques ſur les grenouilles, les tortues, les ſerpens, &c. il eſt tourmenté continuellement par la ſoif & l'aiguillon de la chair.

Il eſt probablement Androgyne comme les colimaçons, du moins les Naturaliſtes n'ont pas encore découvert un ſeul individu femelle parmi des milliers qu'ils ont eu occaſion d'examiner.

Le ſcapulaire plus long antérieurement, plus court poſtérieurement, donne le caractere eſſentiel des Freres lais.

On le trouve dans les Bourgs & dans les Villes, ſur-tout dans les Pays poiſſonneux.

Cette eſpece a pris naiſſance dans la Calabre, le Pays de l'huile; elle eut pour Pere François de Paule, & fut miſe au jour par Alexandre VI, Pape au XVme. ſiecle: ce François quand il fut aſſez maceré dans l'huile, flottait ſur l'eau ſans s'enfonçer comme un morceau de liege; on raconte cette hiſtoire comme un miracle, comme ſi on ignorait que l'huile fût plus légere que l'eau.

Lanovius, *Chronicon generale ordinis Minimorum, in-fol. Pariſiis, Cramoiſy*, 1635.

Camus, Evêque de Bellay, *de l'ouvrage des Moines, in-8°. Rouen*, 1633.

Le fouet des Paillards, par le Curé du Meſnil Jourdain, in-12°. Rouen, 1623.

EXPLI-

EXPLICATIONS

Des Termes techniques, & des Figures.

PLANCHE Ire.

Figure 1. *La tête velue, avec une tache nue ſur le haut.*

Fig. 2. *La tête garnie de poils, ſillonnée par une corolle linéaire.*

Fig. 3. *La tête raſée, la coiffure hémiſphérique.*

Fig. 4. *La tête raſée, la corolle velue, non interrompue.*

Fig. 5. *La tête raſée, la corolle velue interrompue.*

Fig. 6. *Le voile d'une femelle.*

Fig. 7. *Le voile couvrant la face.*

Fig. 8. *Le capuchon verſatile.*

a. *Le capuchon verſatile, tourné du côté droit.*

b. *Le bord ſinué, le dos en boſſe.*

c. *La partie poſtérieure d'un capuchon mobile, tronqué par le bout.*

Fig. 9. *Le capuchon lâche.*

a. *Le capuchon lâche, large.*

b. *Le capuchon lâche, court.*

c. *Le capuchon du manteau lâche, ſervant d'enveloppe au capuchon lâche de la robe.*

Fig. 10. *Le capuchon roide, court, ponctué, écailleux.*

Fig. 11. *Le capuchon mobile, en forme de cœur.*

a. *Tombant.*

b. *Couvrant la tête.*

Fig. 12. *Le capuchon mobile, en entonnoir.*

a. *Couvrant la tête.*

b. *Tombant.*

Fig. 13. *Le froc pectoral arrondi.*

Fig. 14. *Le froc dorſal anguleux.*

Fig. 15. *Le froc dorſal en pointe.*

PLANCHE IIme.

Fig. 1. *Le capuchon mobile, pointu.*

Fig. 2. *Le froc dorſal, en forme de langue.*

Fig. 3. *La manche ample, de la longueur du bras.*

Fig. 4. *La manche repliée, de la longueur du bras.*

Fig. 5. *La manche étroite.*

Fig. 6. *La manche large.*

Fig. 7. *La manche en ſac.*

Fig. 8. *La manche en petits ſacs.*

Fig. 9. *Le ſcapulaire étroit.*

Fig. 10. *Le ſcapulaire large.*

Fig. 11. *Le ſcapulaire obtus.*

Fig. 12. *Le ſcapulaire manqué.*

Fig. *Le ſcapulaire à large queue.*

a. *L'antérieur.*

b. *Le poſtérieur.*

PLANCHE IIIme.

Fig. 1. *Le cordon cylindrique, à trois nœuds.*

Fig. 2. *Le cordon cylindrique, à cinq nœuds.*

Fig. 3. *Le cordon de cuir.*

Fig. 4. *Une courroie.*

Fig. 5. *Le derriere couvert.*

Fig. 6. *Le derriere à demi couvert.*

a. *Le tablier de drap.*

b. *Le tablier de toile.*

Fig. 7. *Le ſoulier : les pieds chauſſés.*

Fig. 8. *La ſandale : les pieds à demi chauſſés.*

Fig. 9. *La ſandale de cuir.*

Fig. 10. *La ſandale de bois.*

Fig. 11. *La ſemelle de bois.*

FIN.

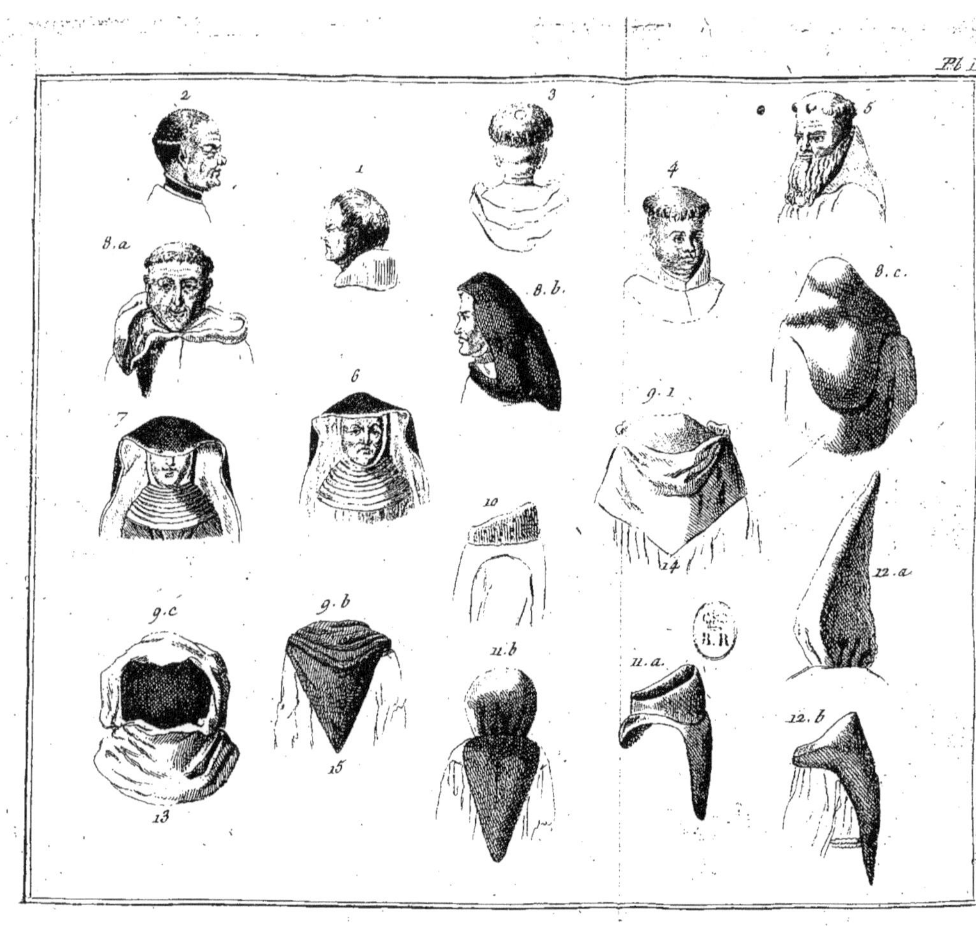
Pl. I.
2
3
5
1
4
8.a
8.b.
8.c.
6
7
9.1
10
14
12.a
9.c
9.b
11.b
11.a.
12.b
15
13

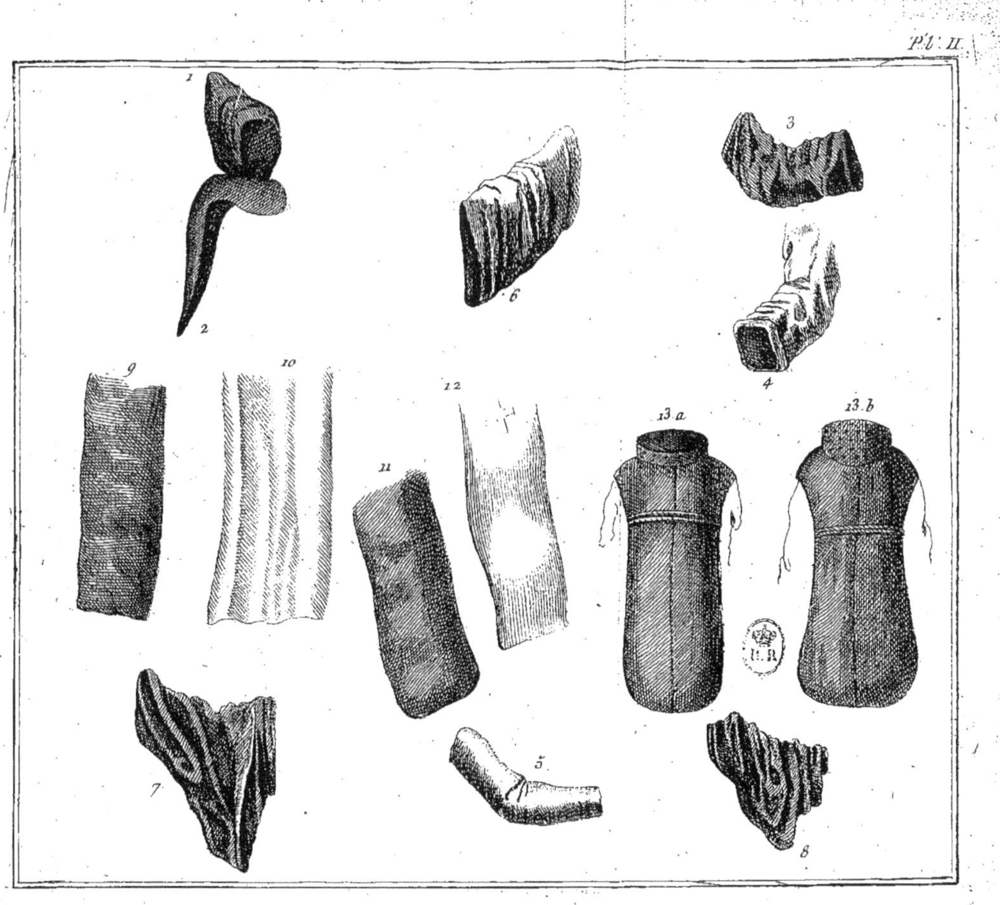
Pl. II.
1
2
3
4
5
6
7
8
9
10
11
12
13.a
13.b

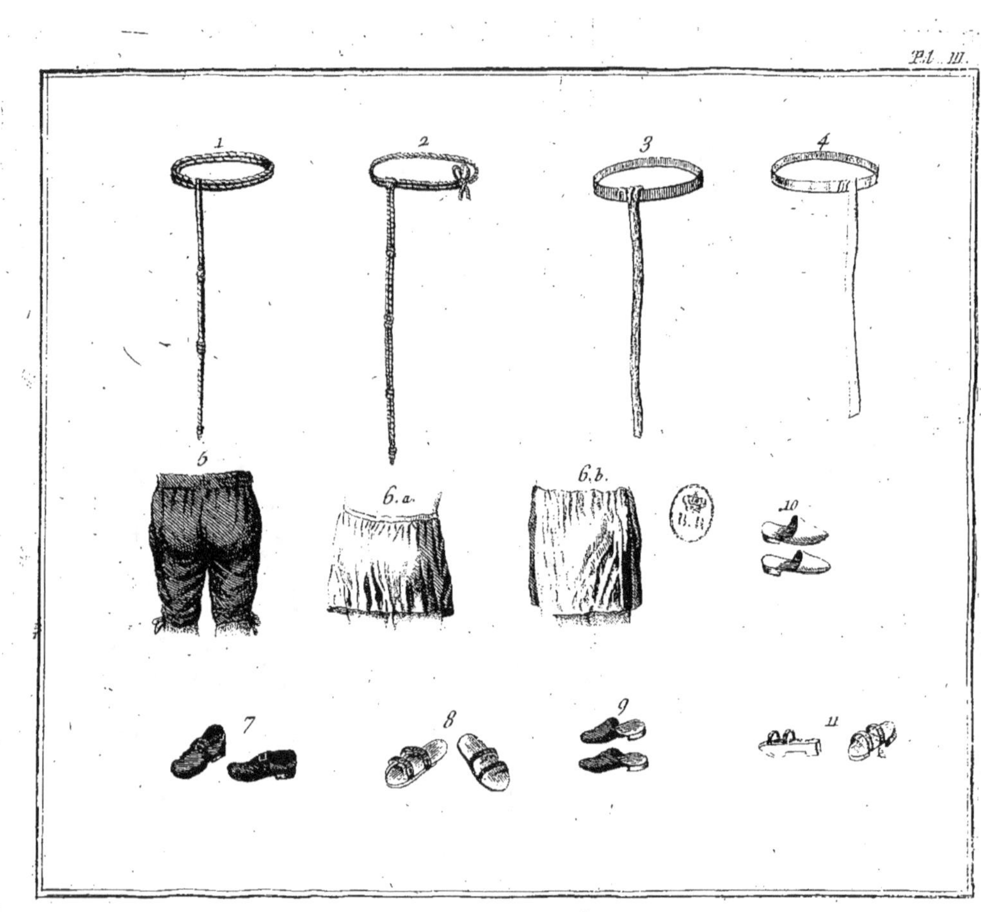
1
2
3
4
5
6. a.
6. b.
10
7
8
9
11

www.ingramcontent.com/pod-product-compliance
Lightning Source LLC
Chambersburg PA
CBHW060434260626
47161CB00005B/1920

* 9 7 8 2 0 1 4 4 9 7 4 2 7 *